結婚

四篇のエセー

アルベール・カミュ

柏倉康夫 訳

月曜社

NOCES

Albert Camus

1939

結婚

死刑執行人はカラファ枢機卿を絹の紐で締めたが、それは切れてしまい、二度やらなくてはならなかった。枢機卿はかたじけなくも一言も発すことなく、死刑執行人を見つめていた。

スタンダール「パリアノの公爵夫人」

目次

凡例

・本書はアルベール・カミュのエセー集『Noces』（一九三九年）の全訳である。原著の書誌情報や底本については巻末の「訳者あとがき」に記した。
・原文から訳文への記号の転記は以下の通り。ギュメ《》はカギカッコ「」に、パランテーズ（）はマルカッコに（）、イタリックはヤマカッコ〈〉で括った。
・亀甲括弧〔〕内は訳者による補足である。また、訳者の判断により二重ヤマカッコ《》で括ったのは、絵画の作品名である。
・原注は本文中では＊、＊＊などで示し、見開き左頁の左端に配している。
・訳注は本文中では◇1、◇2などで示し、各エセーの末尾にまとめた。

ティパサでの結婚

春、ティパサ[◇1]には神々が住み、神々は太陽とニガヨモギ[◇2]の香りのなかで語る。海は銀の鎧をまとい、空は真っ青で、廃墟は花でおおわれ、光は石の堆積の間で煮えたぎる。ある時刻、野原は太陽のせいで黒く見える。眼は、睫毛の先でふるえる光と色彩の雫以外のものを捉えようとするが無駄だ。芳香性の植物の豊饒な香りが喉を刺し、並外れた暑さのせいで息がつまる。風景の彼方に、村を取りまく丘陵に発して、確実でしかも重々しいリズムで、海中にうずくまろうとするシュヌア[◇3]岬の黒い塊を、かろうじて目にすることができる。

わたしたちは入り江に面した村を通ってやってきた。アルジェリアの夏の大地の激しくむせるような息づかいが待ち受けている。黄色と青の世界に入っていく。いたる所で、ブーゲンビリアが邸宅の壁を越えており、庭には、いまは白いが、やがて赤い花をつけるハイビスカスや、クリームのように濃いティーローズ、繊細な縁取りをもつ背の高い青いアイリスが、一杯咲いている。石という石が熱い。わたしたちがキンポウゲ色をしたバスから降りる時刻は、肉屋たちが赤い車で、それぞれ朝売りの一巡をしていて、吹き鳴らすラッパが住民たちを呼んでいた。

港の左手では、乾いた石段が乳香樹とエニシダの間を廃墟へと通じている。道は小さな灯台の前を通って、やがて広々とした平野へ下って行く。灯台の足元では、すでに菫色や黄色や赤い花をつけた肉厚の植物の叢が、一番手前の岩の方へさがっていき、その岩を海が口づけの音を立てて舐めている。微風のなかに立っていると、顔の片方だけが太陽に熱せられて熱い。わたしたちは、空から落ちてくる光、さざ波一つたたない海、その輝く歯をみせる微笑を眺める。廃墟の王国へ入る前に、最後にもう一度あたりを見まわす。

少し歩くと、ニガヨモギが喉をとらえる。その灰色の縮毛が見渡すかぎり廃墟をおおっている。そのエキスが熱気で発酵し、強いアルコールがあたり一面に立ち昇り、それが大気をゆらめかす。わたしたちは恋と欲望の出会いを求めて歩いていく。教訓や、人が偉大さに求める苦い哲学を求めたりはしない。太陽と、キスと、野生の香り以外は、すべてが無用に思える。そこでは独りでいたいとは思わない。そこへは愛していた人たちとよく行き、恋をしている顔が浮かべる明るい微笑みを、その表情の上に読み取ったものだった。ここでは秩序や節度は他人にまかせておけばいい。わたしの全身をとらえるのは、自然と海のあの偉大な放縦だ。廃墟と春が結婚するなかで、廃墟はふたたび石と化し、人間が加えた光沢を失って、自然に還った。この放蕩娘の帰還を祝して、自然は花を惜しみなくふりまく。広場の敷石のあいだで、ヘリオトロープが丸くて白い頭をのばし、赤いジェラニウムが、かつては家だったり、寺院だったり、公共の場所だったりした所に、赤い血をそそいでいる。多くの知恵が神へと導いた人たちと同じように、多くの歳月が、廃墟をその母なる家へと導いたのだ。ついに今日、そうした過去が廃墟から去っていく。落下する事物の中心へと導くこの深遠な力から、廃墟の気をそらすものは何もない。

ニガヨモギを踏みしだき、廃墟を愛撫し、自分の呼吸を世界の激しい息づかいに合致させようとして、どれほどの時間が過ぎたことだろう！　野生の匂いや眠気を誘う虫の合奏に埋もれて、わたしは眼と心を、熱気でむせかえる堪えがたい大空にむけて開く。あるがままのものになろうとし、自分の深い節度を探り出すのはそれほど容易ではない。ただ、シュヌアの堅固な骨格を見ていると、わたしの心は不思議な確信で鎮まるのだ。わたしは息をすることができ、自分に同化し、自分自身を成就する。わたしは丘を一つまた一つよじ登っていったが、丘はそれぞれにご褒美を用意してくれていた。この寺院などがそれで、その柱の一本一本が太陽の運行を教えてくれたし、そこからは村全体、白やバラ色の壁やヴェランダを見渡すことができた。東の丘の上のバジリカ会堂もその一つで、壁はかつてのままで、まわりの広い範囲で、発掘された大理石の石棺が列をなし、そのほとんどは地面からわずかに顔をのぞかせているだけで、大部分は土に埋もれている。なかには死者たちが納められていて、そこではいま、サルビアとニオイアラセイトウの新芽が生えている。聖サルサ大聖堂はキリスト教のもので、入口から覗くたびに、聴こえてくるのはこの世のメロディ、松や糸杉が植わった丘、あるいは二〇メートルごとに白い犬を転がしている海が奏でるメロディである。聖サルサ大聖堂が建つ丘の頂は平らで、風が柱廊を吹き抜けて広がっていく。朝の太陽の下で、大いなる幸せが大気のなかで揺れている。

本当に貧しいものは、神話を必要とする人たちだ。ここでは神々が床をしつらえ、あるいは一日の運行の目印の役をはたす。わたしは書き、そして語る。「これは赤、青、緑。これは海、山、花」。わたしが鼻の下で乳香の玉をつぶすのが好きだからといって、ディオニュソス[◇4]について話す必要があるだろうか？　後にわたしが心置きなく思いを馳せることになる古の讃歌、「地上に生きる者にして、これらの事を見し者に幸あれ」は、デメテル[◇5]のものなのだろうか？　見ること、この地上にあって見ること、この教訓を忘れることがありえようか？　エレウシス[◇6]の秘儀では、凝視することで十分だった。ここでも、世界に十分近づくことなどありえないのは、わたしも分かっている。裸になって、大地の精気を全身にまとったまま海に飛びこみ、それを海中で洗い流し、太古の昔から大地と海が唇と唇を重ねながらする抱擁を、わが肌の上に出現させなければならない。水に入ると、冷たさを感じる、冷たく不透明な糯《もち》がせり上がってくる。次いで潜る、耳が鳴り、鼻から水が流れ、口が苦い。――泳ぐ、海面から出した腕は水にぬれて太陽に金色に耀く、すべての筋肉をねじって、それをまた打ち下ろす。身体の上を流れる水、脚で波をはげしく摑む——すると、水平線が没する。岸にあがり、砂の上に倒れこむ。世界に身をゆだねる。自分の肉と骨の重さを取りもどし、太陽に酔い痴れ、両腕をときどき眺めやる。すると水が滑り落ちて乾いて斑模様になった肌を、金色の産毛と塩の粉がおおっている。

わたしはここで、人が栄光と呼ぶものを理解する。それは際限なく愛する権利のことだ。この世にはたった一つの愛しかない。女の身体を抱きしめること。それはまた、空から海へ降ってくる、この不思議な歓びをわが身に引きとめることだ。もうすぐ、わたしはニガヨモギのなかに身を投げ、その香りを身体に染みこませると、あらゆる偏見に逆らって、一つの真実を達成したいと意識するだろう。それは太陽の真実であり、死の真実ともなるだろう。ある意味では、いまここでわたしが演じている生だ。熱せられた石の味と、海の吐息やいままさに鳴きはじめた蟬の声に満ちた生だ。微風はさわやかで、空は青い。わたしは手ばなしでこの生を愛している。そして、それについて自由に語りたい。それは人間としてのわたしの条件に誇りを持たせてくれる。ただ、わたしは人からよくこう聞かされた。誇るに足るようなものは何もないと。いや、あるとも。この太陽、この海、青春に躍動するこのわたしの心、塩辛い味がするわたしの身体、そして、優しさと栄光が黄色と青の世界で落ち合う、この果てしない背景こそ誇るに足るものだ。それらを獲得するためにこそ、わたしは力と手段を講じなくてはならない。ここではあらゆるものが、わたしの手に触れず、わたしは自分のものを何一つ放棄しない。わたしはどんな仮面もかぶらない。生きるための難しい知恵を、忍耐強く学ぶだけで十分だ。それは世の人びとの処世術に匹敵するものだ。

昼少し前、わたしたちは廃墟を通って、港の端の小さなカフェに戻った。太陽と色彩のシンバルが鳴り響く頭にとっては、影にみちた部屋や、緑色の冷えたペパーミントが入った大きなグラスほど、爽やかな歓待はない！　外は、海と埃っぽい焼けついた道路。テーブルの前に座って、しばたく睫毛のあいだに、白熱の空の多彩な眩惑を捉えようとする。顔は汗でぬれているが、軽いシャツを着た身体はすがすがしく、わたしたちはみな、世界と結婚した幸福な一日の疲労をさらけ出す。

このカフェの食事はまずい。でも果物は豊富だ——とくに桃は、かじって食べると汁が顎をしたたる。桃にがぶりとかじりつくと、わたしは血が耳までのぼってきて大きく脈打つのを聴き、目をこらして辺りを見つめる。海の上には、真昼の巨大な沈黙。美しい存在は、みな自分の美しさに自然な矜持をもっている。そして今日、世界はあらゆるところで、その矜持をにじませている。すべてを生きる歓びに閉じこめることはできないと知っていても、世界を前にして、生きる歓びを否定できるだろうか？　幸せであることを恥じることはない。でもいまや、愚か者が王者だ。愉しむのを怖れるものを、わたしは愚か者と呼ぶ。人びとは傲慢さについて多くを語って聞かせてきた。きみ、それは悪魔の罪だ、用心したまえ、警戒することだ、自滅するよ、強い力を失うぞ、と警告した。そのときから、わたしはある種の傲慢さを学んだ。……でも別のときには、世界全体が共謀して、わたしにあたえようとしている、生きるという傲慢さを要求せずにはいられない。ティパサでは、見ることは信じることと同一だ。わたしは手で触れ、唇が愛撫するものを、敢えて否定しようとは思わない。わたしはそこから一つの芸術作品をつくりだす必要を感じない。ただその違いが何かを語りたいとは思う。ティパサは、人が世界についてもつ観点を間接的に語るために描きだす作中人物のように、わたしには見える。彼らと同様、ティパサは証言する、それも力強く。ティパサは今日、わたしの作中人物だ。一度それを愛撫し、それを描写すれば、わたしの陶酔には限界がないように思える。生きるべきときがあり、生きることを証言するべきときがある。同様に創造するためのときもある、だがそれはあまり自然なことではない。全身で生き、全霊で証言するだけで十分だ。ティパサを生き、証言する、そうすれば芸術作品は自ずとやってくるだろう。そこにこそ自由がある。

わたしは一日以上ティパサに留まったことは決してない。ある風景を長く見すぎたという瞬間がいつもやってくる。もっとも、風景を十分に見たというには長い時間が必要だ。山々、空、海は人間の顔と同じで、見るというより凝視していると、そのつまらなさや輝かしさを発見するものだ。だが、どの顔も、表情豊かであるには、絶えずある種の更新を必要とする。人はすぐ飽きてしまうと嘆くが、本当は単に忘れてしまうだけのことで、世界が新しく見えることに感嘆すべきなのだ。

夕方、わたしは他よりも整然とした公園の一角にもどった。そこは庭園になっていて、国道沿いにあった。香りと太陽のざわめきから抜け出して、夕方になり、いままた爽やかになった大気のなかで、精神は鎮まり、緊張から解き放たれた肉体は、満たされた愛から生まれる内なる沈黙を味わっていた。わたしはベンチに座り、落日とともに丸味を帯びていく野原を眺めていた。わたしは満たされていた。頭上には、一本の柘榴が、固く握った小さな拳のような、閉ざされて筋張った花の蕾を垂れていたが、その蕾は春の希望のすべてを孕んでいるようだった。後ろにはローズマリーがあった。わたしはそのアルコールの香りを嗅いだ。丘は樹木の額縁の間におさまり、そのさらに先では、海が縁取りとなって、その上では、空が立ち往生している帆舟のように、やさしさを一杯に湛えて憩っていた。わたしは心に不思議な歓びを感じた、それは穏やかな意識から生まれる歓びだった。俳優たちが自分の役柄をうまく演じたと自覚するときに覚える感情がある。より正確には、俳優たちが彼らの仕草を、身体で表現する理想の登場人物のそれと一致させ、前もって描かれたデッサン、つまり彼らが一瞬で生命をあたえ、彼ら自身の心臓で鼓動させるそのデッサンに入りこんだときに覚える感情だ。わたしが感じたのはまさにそうした感情だった。わたしは自分の役をうまく演じたのだ。わたしは人間としての仕事を果たした。そして長い一日の間中、歓びを覚えたことは例外的な成功だとは思えず、むしろある状況のもとで、幸福になるという義務をわたしたちに課すある条件の感動的な成就のように思えるのだった。そのときわたしたちはふたたび孤独を見出すが、それも今度は満足のなかでだ。

いまや、樹木には鳥が群がっていた。大地は闇に没する前にゆっくりと息づいていた。まもなく一番星とともに、夜が世界の情景に帳を降ろすだろう。昼間のきらびやかな神々は、やがて彼らの日常の死に立ち返るだろう。そして別の神々がやってくる。もっと暗くなるために、彼らの荒廃した顔が、大地のさなかで生まれてくる。

少なくともいまは、砂に砕ける間断ない波音が、金粉が舞う空間を通して、ここまで聞こえてくる。海、野原、沈黙、この大地の香り、わたしは芳香一杯の生に満たされていた。わたしは世界の黄金色に色づいた果物にかぶりつき、その甘い強烈な果汁が唇のあたりを滴るのを感じて狼狽した。そうだ、大切なのはわたしでもなければ、この世界でもなかった。ただ単に、調和であり、沈黙だった。その沈黙こそがわたしのために、世界から愛を生じさせたのだ。わたしにはその愛を、自分一人のために要求する弱さはなかった。わたしは、それを一つの種族全体と分かち合うことを自覚し、そのことを誇りにもしていた。その種族とは太陽と海から生まれ、生き生きとして味わいがあり、自らの偉大さを単純さから汲みとり、海辺に立って、共犯の微笑みを、空の輝かしい微笑みにむけて投げかける種族だ。

訳注

◇1　アルジェの西およそ七〇キロにある地中海沿岸の小邑で、古代ローマの遺跡がある。カミュは一九三五、六年に、この地をよく訪れた。

◇2　原語のAbsintheは酒を意味する場合はアプサント。植物の場合はニガヨモギと訳す。アプサントはニガヨモギ、アニス、ウイキョウなどを中心とした複数のハーブからつくられる。ニガヨモギ自体も強い香りを放つ。

◇3　アルジェの西にある山塊。

◇4　ギリシア神話に登場する豊饒と葡萄酒と酩酊の神。この神は酒や踊りなどで人を酔わせて、人びとを抑圧から解き放って自然の状態に立ち戻らせる。これがディオニュソスの秘儀である。

◇5　ギリシア神話に登場する女神で、クロノスとレアの娘でゼウスの姉にあたる。オリュンポス一二神の一柱で、母なる大地を意味する。

◇6　古代ギリシアのアテナイに近い都市。神話に登場するデメテルの祭儀の中心地として知られる。

ジェミラの風

精神の否定それ自体が真実である、そんな真実を生むために、精神が死ぬ場所がいくつかある。わたしがジェミラ[◇1]へ行ったとき、そこには風と太陽があった、でもそれは別の話だ。まず言わなくてはならないのは、そこを重く亀裂のない大きな沈黙——なにか秤の均衡といったものが領していたことだ。鳥のさえずり、三つ孔のフルートの柔らかな音、山羊の足踏み、空からくる騒めき、こうした物音がこの場所の沈黙と荒廃をつくりだしていた。ときとして、かさかさという乾いた音、鋭い叫びが、石の間に隠れていた鳥が飛び立つのを知らせてくれた。どの道をたどっても、たとえば家々の廃墟の間の道、光輝く石柱の下の石畳、凱旋門と丘の上の寺院の間にある巨大な広場、こうしたすべてが、ジェミラの四方を取り囲む窪地へと導いてくれる。ジェミラは果てしない空に向かって開かれたカルタ遊びだ。そして、人びとは、日が進み、山が菫色に変わりつつ威容を増すなか、精神を集中し、石と沈黙とに向かい合って、そこにたたずむ。ジェミラの台地には風が吹く。この風と、廃墟に光を降りそそぐ太陽との大いなる混合のうちで、何かが鍛えられ、人間に、死せる街の沈黙と孤独に見合った尺度をあたえるのだ。

ジェミラへ行くには長い時間がかかる。そこは人が立ち止まったり、通り過ぎたりする街ではない。そこからはどこにも行けず、いかなる地方とも通じていない。そこは人がそこから帰ってくる場所だ。この死んだ街は、曲がりくねった長い道の終点にある。その道は曲り角へ来るたびに、その先に街があると期待させ、その分よけいに長く感じるのだ。そしてついに、高い山々の間にはめこまれた、褪せた色の台地の上に、まるで骸骨の森のような黄色味がかった街の骨格が出現する。そのときジェミラは、たった一つ、わたしたちを世界の鼓動する心臓へと導く、愛と忍耐の教訓のシンボルに見えてくる。幾本かの木や、枯れた草のなかにあって、ジェミラは周囲の山々と石とで、陳腐な讃嘆や、絵画趣味、あるいは希望の戯れから自らを守っている。

わたしたちはこの不毛な壮麗さのなかを、一日中さまよっていた。午後の初めになると、次第に風が感じられるようになり、時間とともに強まり、すべての風景を満たすように見えた。それは遠く東の山間の隘路から吹き出して、地平線の彼方を駆け抜け、石と太陽のまっただなかを、滝のように跳躍して来るのだった。絶え間なく廃墟を吹きすぎ、ときにはひゅうひゅうと鳴り、石と土の曲馬場を一巡し、あばたのように穴があいた岩々の堆積をひたし、石柱の一つ一つをまわって、空に向かって開いている広場の上で絶えず叫びをあげて、拡がっていった。わたしはまるで帆柱のように、自分が軋るのを感じた。こうした環境に穿たれ、目は焼かれ、口はひび割れて、肌はもはや自分のものではないほどに乾いていた。この肌によって、以前は、世界の文字を解読していた。世界は、その夏の息吹で肌を熱くし、あるいは霜の歯で肌を噛んで、そこに優しさや怒りの徴を残したものだった。だが、これほど長く風にさらされ、一時間以上も前から揺さぶられていると、抵抗することに陶然となって、わたしの肉体が描いてきた輪郭の意識を失ってしまった。海の潮でニスを塗られた小石のように、わたしは風に磨かれ、魂まですり減らさてしまった。わたしはこの力の一部で、それに翻弄され、次いでその力の大部分、最後には、その力そのものとなった。わたしの脈打つ血と、自然のいたるところに現存する心臓の力強い響きが一つになった。風がわたしのなかに、周りの燃えるような裸体のイメージをつくり上げ、風との束の間の抱擁が、多くの石のなかにある石や、石柱や、夏空に立つオリーヴの木の孤独をもたらした。

わたしは太陽と風を激しく浴びて、生命力のすべてを使い果たした。残っているのは、打ち合わされる両翼のあの羽音、自らを嘆くあの生命、精神の弱々しい反抗だけだった。世界の隅々へと拡散したわたしは、我を忘れ、また我からも忘れられ、風となり、風のなかの、石柱、アーチ、熱を感じている石畳、荒涼とした街をめぐる青白い山々となった。わたしは自分自身から離脱し、同時に、世界のうちにあることを、これほど強く感じたことはなかった。

そう、わたしはいまここにいる。この瞬間、わたしの胸を打つのは、わたしがもう遠くへは行けないことだ。永久に牢につながれた男のように――そして、その男にとっては、いまがすべてなのだ。明日もまた、他のすべての日々と同じなのを知っている男のようだった。一人の人間にとって、現存を意識するとは、もはや何も期待しないということだ。もし風景が精神の状態であるといった、そんな風景があるなら、それはもっとも卑俗な風景だ。そしてわたしは、この地方の至るところで、わたしのものではない何か、この地方のもので、わたしたちに共通の死の味わいのような何かを追ってきた。不安は、いまや影が斜めになった石柱の間で、傷ついた鳥のように、大気のなかにとけこんでいた。それに代わって、そこでは乾いた明晰さが息づいていた。不安は、生きた人間の心から生まれる。だが静けさが生きている心をおおうだろう。これこそ、わたしがはっきりと悟ったことだ。一日が進むにつれて、さまざまな音と光が、灰燼のように空から降ってくるもとで、わたしは息をつめ、放心し、自分のなかでノンと言っている緩慢な力に対して無力である自分を感じた。

断念とはまったく違う拒絶があるのを、理解している人は少ない。ここでは、未来とか、より良い存在とか、地位といった言葉は何を意味しているのか。心の向上とは、何を意味しているのだろうか。この世のあらゆる「もっとあとで」を、わたしが執拗に拒否するのは、まさに、わたしがいまの豊かさを断念しないということだ。わたしにとって、死がもう一つの生を開くと信ずるのは、喜びでもなんでもない。死はわたしにとっては閉じられた扉だ。それは越えるべき一歩だというのではない。そうではなく、死は恐ろしく、おぞましい冒険だ。人びとがわたしに勧めるのはどれも、その固有の生の重荷から、人間を解放しようとするものばかりだった。だがジェミラの空の大きな鳥たちの重い飛翔を前にして、わたしが要求し、手に入れるのは、まさにこの生の重荷なのだ。この受け身の情熱のなかで、全的存在であることであり、その他のことは、わたしにはもうどうでもいい。死について語るには、若さに溢れすぎている。それでも、もし語らなければならないのなら、ここだと、言うべき適切な言葉が見つけられるように思う。それは恐怖と沈黙のなかで、死を自覚した確信だ。

人は自分に馴染んだ何らかの観念とともに生きている。それも二つか三つの。世界と人間との偶然の出会いで、人はそれを磨き、変えていく。自分の身についた観念を得るには、一〇年が必要だ。当然、これにはいささかがっかりする。それでも、人はその間に世界の美しい顔にある種の親密さを抱く。そこにいたるまで、彼は面と向かって世界を見てきた。そして今度は、世界の横顔を見るために、一歩横へ動かなくてはならない。一人の若い男が真正面から世界を見る。彼にはこれまで、死や虚無の観念を磨く時間はなかったが、その恐怖を噛みしめてはいた。こうした死との辛い差し向かい、太陽を愛する動物の肉体的なあの恐怖、それこそが青春に違いない。だが普通言われているのとは逆に、少なくともこの点に関して、青春は幻想を抱かない。幻想でおのれをつくりあげるには、青春には時間もなければ信仰もない。なぜか知らないが、この深く刻まれた風景、陰惨で荘厳な石の叫びを前に、落日のなかの非人間的なジェミラ、希望と色彩の死を前にして、人生の終わりにいたったとき、人間の名に値するものなら、こうした対峙をふたたび見出し、彼らのものだった観念を否定し、無垢と真実を取り戻すに違いないと、わたしは確信していた。それは運命に直面した古代の人びとの目のなかで輝いていたものだ。彼らはふたたび青春を取り戻す。だが、それは死を抱きしめることによってなのだ。この点では、病ほど軽蔑すべきものはない。それは死を癒す薬だ。それは死に備える。それは一種の年季奉公をつくりだす。その第一段階は自己憐憫だ。それは、全的に死ぬという確実な事実を逃れるためにする大きな努力のなかで人間を支える。だがジェミラでは……わたしはここで、いままさに感じる。真実は、文明の唯一の進歩とは、またときとして、一人の人間が執着する文明の進歩とは、意識された死をつくりだすことなのだ。

わたしがいつも驚かされるのは、他の事柄ならすぐ馴染むのに、死については貧弱な観念しかもたないことだ。これは良くもあり、悪くもある。わたしは死を恐れ、あるいは(みなが言うように)、死を呼び出す。だがこれは、単純な事柄はすべて、わたしたちを超えている証明でもある。青とは何か？　青について何を考えるか？　それは死に対するのと同じく難しい。死について、色について、わたしたちは議論するすべがない。しかし、わたしの前にいるこの人間は重要であり、大地のように重く、わたしの将来を前もって体現している。それでもわたしは、本当に死を考えることができるのか？　わたしは自問する。わたしは必ず死ぬ。だが、これは何も意味していない。なぜなら、わたしはそれを信じるには至っておらず、他人の死の経験しかないからだ。わたしは人の死を目撃した。とくに、犬たちが死ぬのを見た。わたしは死んだ犬に触れて、動転した。そのとき思ったのは、花、微笑、女たちへの欲望だった。そして、死ぬことの恐怖は、すべて生きることへの羨望につながっているのを理解した。これから先も生きていく人たち、彼らにとって、花や女たちへの欲望が、その肉や血の感覚となりうる人たちに嫉妬した。わたしは羨ましかった。わたしはこの人生を愛している、だからエゴイストにならずにはいられない。永遠など何の意味もない。人にはやがてその日がやってくる。ある日、横になって、誰かがこう言うのを聞く。「あなたは強い。そしてわたしはあなたに忠実でなくてはならない。だから、あなたはやがて死ぬ、と言えるのだ」。両手に全生命を握りしめ、臓腑にすべての恐怖をつめこんで、白痴のような眼差しをして、そこにいる。その他のものに何の意味があるだろうか。血の波がこめかみで脈打つ。そして、わたしは周囲のものをすべて粉々にしてしまうように思える。

だが人びとは、彼らが誰であろうと、その外見にかかわりなく死んでいく。人は彼らに言う、「あなたが治ったときは……」、だが、彼らは死ぬ。わたしはそんなことを望まない。なぜなら、自然が嘘をつく日もあれば、真実を言う日もあるのだから。ジェミラは、今宵、真実を告げる。それはなんと悲しげで、なんと美しい瞬間だろう！　わたしはといえば、この世界を前にして、嘘をつきたくないし、嘘を言われたくもない。わたしは最後の最後まで、自らの明晰さを保っていたい。そして自分の最後を、満腔の嫉妬と恐怖で見守りたい。わたしが死を恐れるのは、自分がこの世界から隔たる度合いに応じてであり、これからも続く空を眺める代わりに、生きている人間の運命に執着する、その度合いに応じてなのだ。意識された死をつくるとは、わたしたちと世界を隔てる距離を縮めることであり、永遠に失われる、興奮させられる世界のイメージを意識しながら、歓喜もなく、成就へと入っていくことだ。そして、ジェミラの丘々の悲しい歌は、前よりもいっそう、わが身にこの教訓の苦い真髄を叩きこむ。

夕方になって、わたしたちは村にいたる斜面を登り、またもとの所へ引き返して、説明を聞いた。「ここに異教徒の街があります。この地域は土地の外へはみ出していて、ここはキリスト教徒のものです。そののち……」。そう、それは本当だ。ここではさまざまな人間や社会が次々と続いた。征服者たちは、その下士官たちの文明でもって、この地域に痕跡をしるした。彼らは偉大さについて、愚かで滑稽な観念をつくりあげた。彼らの帝国が占める表面積によって、その偉大さを測るのだ。奇跡、それは彼らの文明の廃墟が、彼らの理想の否定でさえあることだ。なぜなら、暮れなずむ夕暮れに、凱旋門のまわりを鳩が飛翔するなか、この高みから見た骸骨のような街は、大空に、征服と野望のしるしを刻んではいなかった。世界は最後には歴史を打ち負かす。山と空と沈黙のあいだで、ジェミラが投げる大いなる石の叫び、その詩をわたしは知っている。明晰さ、無関心、絶望、あるいは美の真のしるしを。いまたち去ろうとしているこの偉大さを前にして、わたしは心臓がしめつけられる。ジェミラは、その空の悲しい水、高原の反対側から聞こえてくる鳥の歌声、丘の中腹で、突如、短く転がるように聞こえる山羊の声とともに、わたしたちの背後にとどまっている。そして、穏やかで、音がよく響く夕暮れのなかに、祭壇の正面で角笛を吹く一人の神の生きた顔がある。

訳注

◇1　Djémilaは、アルジェリアの北東の海岸に近い山村。村の名前はアラビア語で「美しいもの」を意味する。ラテン語名はクイクルム(Cuiculum)といい、西暦一世紀に建設された植民都市だった。

アルジェの夏

ジャック・ウルゴンに[◇1]

人びとが一つの街と分かつ愛、多くの場合、それは秘められた愛だ。パリやプラハのような都市、あるいはフィレンツェでさえ、都市は自らの上に閉じられ、固有の世界を限っている。[◇2]しかしアルジェは、海に面した他の街と同様に、口か傷口のように空に向かって開かれている。アルジェで人が愛することのできるのは、それによってみなが生きているもの、すなわち、どの曲がり角からでも見える海、太陽の一種の重み、人種の美しさだ。そしていつものように、あの破廉恥さとあの饗応のなかで、ごくひそやかな香りと出会う。パリでは、人は空間と羽ばたきに郷愁を抱くことがある。ここでは、少なくとも、男は十分満足し、欲望を保証されているから、自分の豊かさを控えることができる。

自然の富の過剰が、いかなる無味乾燥をもたらすかを理解するには、アルジェで長く生活する必要がある。ここには学んだり、修養を積んだり、向上しようと思うようなものは何一つない。この国には教訓がない。何も約束せず、何かを垣間見せることがない。それはあたえること、しかも十分にあたえることで満足する。この国ではすべてが目にゆだねられていて、人びとはそれを楽しんだ瞬間から、このことを知るのだ。この快楽につける薬はなく、この国の歓喜は希望がないままだ。この国が要求するのは、ものを明晰に見る魂で、だから慰めはない。この国は、信仰に関わる行為をするときのように、明確な行為をすることを要求する。ここは、この土地が養っている人びとに、素晴らしさと同時に悲惨さをあたえる奇妙な国だ！　この国の敏感な人たちには官能の豊かさが備わっていて、それが極端な貧困と一致している。だがそれも驚くには当たらない。苦さを伴わない真実などありえない。そうだとすれば、わたしがこの国の顔を、もっとも貧しい人びとの境遇のなかでしか愛せないからといって、なぜ驚くことがあるだろうか？

人びとはここでは、青春であるあいだ、彼らの美しさに見合う生を見いだす。その後は、下降と忘却だ。彼らは肉体に賭けたのだが、やがてそれは失われることも分かっている。アルジェでは、若くて溌剌とした者には、すべてが避難場所で、勝利の口実だ。港、太陽、真っ赤な頬、海に向ったテラスの白さ、花、スタジアム、新鮮な脚をした娘たち。

しかし青春を失った者には、すがりつくものは何もなく、憂鬱が自らを救いだせる場所はどこにもない。しかし他所では、イタリアのテラス、ヨーロッパの僧院、プロヴァンスの丘の姿といった、人間が己の人間性から逃れて、甘美な想いで、自らを解放できる場所がたくさんある。だがここでは、すべてが孤独と若者たちの血を要求している。死にゆくゲーテは、「もっと光を」といい、それは歴史的な言葉となった。ベルクール◇3やバブ＝エル＝ウエドでは、カフェの奥に座った老人たちが、髪をテカテカにした若者たちの自慢話に耳をかたむける。

こうした始まりと終わり、アルジェでそれをわたしたちに委ねるのは夏だ。夏の数カ月間、街は人気がなくなる。だが貧しい人たちと空は、ここに留まっている。わたしたちは貧しい人たちと一緒に、港や男にとっての宝物の方へ降りていく。それは温んだ水と、女たちの褐色の身体だ。夕暮れどき、こうした富に満たされて、生活を飾る一切である蝋引きの布と石油ランプのもとへ戻ってくる。

アルジェでは、人びとは「海水浴をする」とは言わずに、「水遊びをする」と言う。でもそれはどうでもいい。人びとは港で泳ぎ、ブイの上で休む。きれいな娘がすでに乗っているブイのそばを通るときは、仲間に、「おいカモメがいるぜ」と叫ぶ。これこそ健康な喜びだ。こうした喜びが、若者の理想なのだと信じる必要がある。なぜなら、彼らの多くはこうした生活を冬の間も続けるし、毎日、昼になると、裸になって太陽に当たりながら、質素な昼食をとるのだから。それは彼らが、ナチュリストたち、あの肉体のプロテスタントたち（そこには、精神の場合と同様の忌々しい肉体の教条主義があるのだが）の、退屈なお説教を読んだからではない。そうではなくて、彼らが「太陽の子」だからだ。わたしたちの時代にあっては、こうした習慣の重要性をそれほど高く評価しはしないだろう。二千年この方、はじめて肉体が浜辺で裸にされた。人びとは二〇もの世紀にわたって、肉体を隠し、衣服を複雑にして、ギリシアの天衣無縫ぶりと素朴さを慎ましやかなものに変えた。そしていまは、こうした歴史をこえて、地中海の浜辺の若者たちの競争は、デロスのアスリートたちの素晴らしい動作と一つになる。そして肉体のかたわらで、肉体でもって生きることで、肉体はニュアンスを帯び、命を得る。さらにナンセンスになのを恐れずに言えば、肉体にも固有の心理があることを悟るのだ。* 肉体の進化には、精神の進化と同様に、歴史も、回帰も、進歩や欠陥もある。違いは色のニュアンスの差だけ。港へ泳ぎにいけば、白から黄金色、さらには褐色、そして肉体の変貌可能

＊　ジッドが肉体を称揚する仕方が気に入らないと言ったら、物笑いの種になるだろうか？　彼は肉体に欲望を抑えることを要求し、かえっていっそう肉欲を研ぎすませてしまう。だとすれば彼は、娼家の隠語で、〈compliqués〉〔面倒な人たち〕とか、〈cérébraux〉〔頭でっかち〕と呼ばれる人たちに近いのだろう。キリスト教も欲望を抑えることを望んでいる。だがもっと自然にであって、そこにはある種の苦行が見てとれる。友人のヴァンサンは樽屋で、平泳ぎのジュニア・チャンピオンだが、彼は物事をもっと明快に見ている。喉が渇けば飲むし、女が欲しくなれば寝る女を探す。そしてもし万一その女が好きになれば、結婚するだろう。（もっともまだそれには至っていないが）。彼はいつもこう言っている、「これで万事うまくいくさ」。――この言い方は、欲望の充足についてなしうる弁明を、うまく要約している。

の限界であるタバコ色までの肌という肌が、同時に通りすぎるのに気づかされる。港は、カスバの白い立方体の戯れに支配されている。水面の高さから見ると、アラブの街のどぎつい白い地を背景に、さまざまな肉体が赤銅色の壁を展開する。八月になって、太陽が大きくなるにつれて、家々の白はいっそう目をくらますほど輝き、肌は前よりもいっそう濃い色になる。だから、太陽と季節にしたがって、石と肉との対話に、どうして同化せずにいられよう？　午前中は、水に潜ったり、水しぶきのなかで大笑いしたり、赤や黒の貨物船のまわりで、櫂をゆっくり漕いだりして過ぎていく。（ノルウェーから来た貨物船は木の匂いがするし、ドイツから着いたものは油の臭いで一杯だった。沿岸巡航船にはブドウ酒の古い樽の匂いがしみこんでいる。）太陽が、空のあらゆる隅からこぼれ落ちる時刻、渇色の肉体をいくつも積んだオレンジ色のカヌーが、わたしたちをまた狂気じみた競争に連れもどす。そして、果物の色をした翼が二重についている櫂がたてる、リズミカルな水音を突然中断させて、ドックの静かな水の上をずっと滑っていくとき、滑らかな水をかきわけて、わが兄弟である褐色の神々を運んでいるのだと、どうして確信せずにおられよう？

　だが街のもう一方の端では、夏はすでに、わたしたちにこれとは対照的な別の富をもたらしている。わたしが言いたいのは、沈黙と倦怠のことだ。沈黙は、それが影から生まれるか、それとも太陽から生まれるかで、その質は同じではない。総督府の広場には真昼の沈黙がある。広場の周囲に立つ木の陰では、アラブ人たちが、花の香のする冷たいレモネードを五スーで売っている。「冷たいよ、冷たいよ」という彼らの呼び声が、人気のない広場を渡っていく。その叫び声のあとでは、ふたたび沈黙が太陽のもとに落ちてくる。物売りの水差しのなかで、氷が裏返り、そのかすかな音がわたしの耳に聞こえる。シエスタの沈黙がある。海軍省通りの垢じみた理髪店の前では、穴のあいた葦簀《よしず》の背後で蠅がたてるメロディを伴ううなり声で、沈黙の深さを計ることができる。他方、カスバのモール人のカフェで沈黙しているのは肉体だ。肉体はこうした場所から離れられず、お茶のコップを手離すことも、自分の血がたてる音で時間を取り戻すこともできない。そしてとりわけ、夏の夕方の沈黙というものがある。

昼が夜に移りゆくほんの短い一瞬、わたしの裡なるアルジェが、この点に結びつくには、隠れた徴と呼びかけに満たされる必要があるだろうか？　この国をしばらく離れていた間、わたしはこの国の夕暮れを、幸福の約束のように思い描いた。街を見下ろす丘には、乳香やオリーヴの木のなかに幾筋も道がある。わたしの心が戻っていくのはこれらの道だ。そこでは、緑の地平線上を黒い鳥の群れが空へ飛んでいくのを目にする。太陽が急に消えた空では、何かが和らぐ。茜色の雲の小さな群れが引き伸ばされ、大気へ溶けこんでいく。その直後、最初の星が現れ、それが形をつくり、厚さを増す空のなかで固まっていくのを眺める。そして突然、貪婪《どんらん》な夜がやってくる。アルジェの束の間の夕暮れ。わたしの心にこれほど多くのものを解き放つものが、他に何があるだろうか？

夕暮れが唇に残す甘美な味わい、それは飽きる間もなく、夜のなかへ消えてしまう。これが持続する秘密なのだろうか？　この国の優しさは心を揺さぶる、だがそれは一瞬のことだ。それでも少なくとも心は、すべてをその瞬間に委ねるのだ。パドヴァニの浜辺では、毎日ダンスホールが開かれている。横に長く、海に向かって開かれた長方形の巨大なホールでは、この界隈の貧しい若者たちが夕方まで踊っている。わたしは度々そこで奇妙な一刻を待った。日中、ホールは斜めに張り出した木の庇で保護されている。太陽が沈むと、それが引き上げられる。するとホールは、空と海の両方の貝殻から生まれた、不思議な緑の光でみたされる。窓から離れて座っていると、空しか見えない。そのなかを中国の影絵のように踊っている人たちの顔が次々に通り過ぎていく。ときおりワルツが奏でられる。すると緑色を背景にして、黒い横顔が執拗に回転する。まるで蓄音機のターンテーブルに固定された、切り抜きのシルエットのようだ。次いですぐに夜が来る。それとともに、灯りがともされる。この微妙な瞬間にわたしが感じる興奮と微妙な想いを、何と表現したらいいだろう。わたしは、少なくとも午後のあいだ踊り続けた、背の高い素敵な娘のことを思い出している。彼女は身体にぴったりとした青い服を着て、ジャスミンの首輪をしていた。そして汗が服の腰から脚までを濡らしていた。彼女は踊りながら笑い、頭をのけぞらせ、テーブルのわきを通るとき、花と肉の混じった匂いを残していった。夕暮れがやって来た。ぴったり相手にくっついた彼女の身体はもう見えなかった。でも空では、白いジャスミンと黒い髪が、染みのように交互にまわっていた。そして、彼女がふくらんだ喉を後ろにそらすと、彼女の笑い声が聞こえ、踊っている相手の横顔が急に屈みこむのが見えた。わたしが無垢についてつくりあげた観念は、こうした夕べから得たものだ。激しさを負った彼らの存在を、その欲望が舞う空から決して引き離してはならないと悟った。

アルジェの街の映画館では、ミントのドロップをよく売っていて、そこには恋が生まれるのに必要なすべてが、赤い文字で刻まれている。(一)問い。「あなたはいつ結婚してくれるの?」、「わたしを愛している?」。(二)答え。「気が変になるほど」、「春には」、といった具合である。お膳立てをした上で、それを隣の娘に渡すと、娘は同じように答えるか、さもなければ冗談にまぎらせてしまう。ベルクールでは、この結果、結婚した例も見た。人生全体がミントのドロップの一度の交換にかかっているのだ。そしてこれは、この国の人たちの子どもっぽさを物語っている青春のしるし、それは多分、安直な幸福への素晴らしい適応力だ。とりわけ浪費すれすれの、生きることへの性急さだ。ベルクールでは、バブ＝エル＝ウエドと同じように、みなごく若いときから働き、人生の経験を一〇年間で汲み尽くしてしまう。三〇歳の労働者は、すべてのカードを使い果たす。彼は妻と子どもたちの間で終焉を待つ。彼の幸福は唐突で、かつ情け容赦のないものだった。彼の人生もまた同様だった。そのとき人びとは、すべては取り上げられるためにあたえられる、そういう国に生まれたことを理解する。こうした過剰な豊かさのなかで、人生は、唐突で、要求が多く、気前のいい偉大な情熱の曲線をたどる。そうした人生は何かを作り上げることにはなく、焼きつくすことにある。だから、反省や、より良くなろうとするのは問題にならない。例えば、地獄という観念は、ここでは愉快な冗談でしかない。そんな想像力は、徳の高い人にしか許されていない。美徳など、全アルジェリアでまったく意味のない言葉だとつくづく思う。ここの人たちに原則が欠けているというのではない。彼らには彼らなりの道徳がある。だがそれはきわめて独特なものだ。彼らが母親に「背く」ことはない。街頭では、自分の妻を敬わせるし、妊婦には敬意を払う。一人の相手に二人でかかっていくこともしない。なぜなら、「それは卑しいこと」だからだ。この基本的な掟を守らない者には、「あいつは男じゃない」と言って、事を片づけてしまう。わたしには、これは正しく、力強いことに思える。いまもこの街頭の掟は無意識にきちっと守られていて、わたしが知る限り、それは唯一公平無私のものだ。一方で、ここでは商人の道徳は知られていない。警官に囲まれた男が通ると、周囲の人たちの顔に、同情の色が浮ぶのをよく見た。その男が盗みを働いたのかどうか、親殺しだったかどうか、非協力者であったかどうかを知る前に、「可哀そうな奴だ」と言い、あるいは、讃嘆のニュアンスを込めて、「あいつは、海賊だってさ」と言ったりする。

傲慢さと生きることのためにうまれついた民族がいる。彼らは怠惰について、きわめて特殊な資質を育てている。彼らには、死の感情はもっとも胸をむかつかせるものだ。官能の喜びを別にすれば、この人たちの楽しみは馬鹿げたものだ。ペタンク[◇4]愛好協会と「親善クラブ」の宴会、三フランの映画と町のお祭り。三〇歳以上の人たちの娯楽は、これで十分なのだ。アルジェの日曜日はもっとも陰鬱だ。精神というものを持たない彼らに、神話でもって生の奥深くにある恐怖を覆い隠すことができるだろうか？　ここでは死に触れるものはすべて滑稽か、さもなければおぞましいものだ。宗教も偶像も持たない人たちは、群衆のなかで生き、たった一人で死んでいく。世界でもっとも美しい景色に臨むブリュ大通りの墓場ほど、醜悪なものを他に知らない。黒い喪服に取り囲まれた悪趣味な土饅頭は、死が素顔をのぞかせるこの場所の、途方もない悲しみを露骨に見せている。「すべては過ぎ行く、想い出を除いて」と書かれたハート型の奉納絵馬。これら一切が、愛してくれた人たちの心が、ちょっとした手間であたえてくれる、あの滑稽な永遠なるものを強調している。どの絶望にも同じ言葉が用いられる。それは死者に呼びかけ、二人称で語られる。「わたしたちの想い出は、お前から離れることはない」。これは不吉なまやかしであって、人びとはそれで、せいぜい黒い液体でしかないものに、肉体と欲望を貸しあたえるのだ。その他、たくさんの大理石の花と鳥のなかには、こんな無鉄砲な誓いもある。「お前の墓に花が途絶えることはないだろう」。そして人びとは直ぐに安心する。黄金の漆喰の花束に囲まれた碑銘が、生きている者にとっては時間の節約となる。（だから麦藁菊〔immortelle：不死と同じ綴り字〕という仰々しい名前は、走っている電車にいまだ乗っている人たちの感謝の念を負っているのだ）。物事は時代とともに進まなくてはならないから、ときとして〔墓の飾りとして〕古典的な頬白が真珠の飛行機に代えられて、人を面食らわせることもある。飛べない天使がそれを操縦しているが、理屈は無用で、天使には素敵な一対の翼がついている。

　ところで、こうした死のイメージが、決して生から切り離されないことを、どうしたら理解してもらえるだろうか？　ここでは諸々の価値が密接に結びついている。アルジェの葬儀人夫が好きな冗談は、空の車を引いているときに、道で出会う美しい娘たちに、「お姉さん、乗るかい？」と呼びかけることだ。たとえそれが遺憾なことであっても、そこに象徴を見るのを妨げるものは何もない。左目で死亡通知にウインクして、「可哀想に、奴はもう歌えないな」とか、夫を決して愛したことがなかったオランの女のように、「神様がわたしにあの人をおあたえくださり、神様がわたしからあの人を取り上げてしまわれた」などと答えるのは、同じように冒瀆的に見えるかもしれない。でも、いずれにせよ、わたしは死が持っている神聖さなど分からないし、逆に、恐怖と敬意の間の隔たりを強く感じる。ここではすべてが、生へと招かれている国で死ぬ恐怖を呼吸している。だがベルクールの若者たちが逢引をし、娘たちがキスと愛撫に身をまかせるのは、この墓地の同じ壁のもとなのだ。

こうした民衆が万人に受け入れられないことは、よく分かっている。ここでは、知性はイタリアでのような地位を占めてはいない。この人種は精神とは無縁なのだ。彼らは肉体を信仰し、讃美している。肉体から、力と、素朴なシニスムと、子どもっぽい虚栄心を引き出すが、その虚栄心は、彼らにとっては厳しく裁かれるのに値するものなのだ。人びとは、彼らの「メンタリティ」**、つまり、ものの見方や生き方を当然のように非難す

** 後段の「覚書」を参照のこと。

る。そして生のある種の強烈さは、不当なことを伴わずにはいないというのは本当だ。ただここには、過去や伝統を持たない民がいる。しかし詩がないわけではない。――とはいえ、それはわたしがその特質をよく知っている詩、残酷で、肉欲的で、優しさからはほど遠く、彼らの空と同じで、わたしを感動させ、惹きつける唯一真実の詩。文明化された民の対極、それは創造者である民だ。浜辺でくつろぐこの野蛮人たち、彼らはそれと知らずに、いま、文化のある一つの顔をつくりつつある最中なのだという突飛な希望を、わたしは抱く。人間の偉大さは、彼らの顔に真の素顔を発見するだろう。現在というものにすべてを投じたこの民は、神話や慰めなしで生きている。彼らは富のすべてをこの土地に託し、以後、死に対してはまったく無防備なのだ。天からの授かりものである肉体の美しさは消費されてしまった。そして彼らには、未来のないこの豊饒には、常に独特の渇望がついてまわる。ここで人びとが行うすべてが、不毛への嫌悪と、未来に対する無頓着ぶりを示している。人びとは生ることに性急で、もしも一つの芸術が生まれるはずなら、それは持続への憎しみに従順なものだろう。この憎悪こそ、かつてドーリア人をかりたてて、森のなかで、彼らの最初の柱を刻ませたものだ。そう、この国の民衆の、激しい、熱狂的な顔、そして優しさのまるでない夏の空、そこには節度と同時に過剰なものが見出される。この空を前にすれば、どんな真理を述べるのもよい。この空には、人を惑わすいかなる神性も、希望も、贖罪もしるされることはなかった。この空と、それを仰ぎ見た顔の間には、神話や、文学や、倫理や、宗教を引き止めるものは何もない。あるのは、小石や、肉体や、星だけで、それだけが手で触れることができる真実なのだ。

　ある土地と絆を感じ、ある人たちへの愛を感じ、心が一致する場所がどこかにあるのを知ること、ここにはすでに、ただ一度の人生に対する多くの確信がある。もちろんそれで十分というわけではない。それでもあるときは、みながこうした魂の国に憧れる。「そう、そこだ、われわれが帰っていく先は」と。この結びつきこそ、プロティノス[◇5]が切望したものであり、この地上にそれを見出そうとするのに、何の不思議があるだろうか？　結合はここでは、太陽と海という言葉であらわされる。それは、苦痛と偉大さを生む肉体のある種の味わいとして心に感じられる。超人的な幸福などなく、日々が描く曲線のほかに、永遠などないことを、わたしは学んだ。こうした取るにたりない、だが本質的な幸福、この相対的な真実が、唯一わたしを感動させるのだ。その他のもの、「理想的なもの」を理解するのに十分な魂を、わたしは持ち合せていない。獣のようでなくてはならないわけではないが、天使たちの幸福に意味は認めないのだ。ただわたしは、この空がわたしより続くのを知っている。わたしが死んだあとも続いて行くものを除いて、何を永遠と呼べばいいのだろう？　わたしはここで、それぞれの条件に置かれた被造物の自己満足を言っているのではない。それはまったく別のことだ。人間であるのは簡単ではない。まして一人の純粋な人間であるのはなおさらだ。純粋であるとは、あの魂の国をまた見出すことだ。そこでは世界の類似性に敏感になり、血の脈動が午後二時のあの太陽の激しい波動と重なり合う。祖国とはそれが失われるときに、認識されるのは周知のことだ。自分自身のことで悩まされすぎる人たちにとって、故国は彼らを否認するものだ。わたしは酷薄でも、誇張して見せようと思っているのでもない。この生でわたしを否定するは、まずは、わたしを殺すものだ。生を昂揚させるものは、同時にそのすべてがその不条理を増大させる。アルジェの夏で、わたしが学んだたった一つのことは、苦悩より悲劇であり、それが人間の生だということだった。そしてそれはさらに偉大な生への道でもありうる。なぜなら、それは誤魔化さないことに通じるからだ。

事実、多くのものが愛そのものを避けようとして、生きることを愛しているように装う。人びとは楽しもう、「経験を積もう」とする。だがこれは精神の視点だ。快楽の追求者であるには、まれな資質が必要だ。一人の人間の生活は精神の助けなしに、彼の後退と前進、同時にその孤独と現存で達成される。ベルクールの男たちは、働き、妻と子を守る。そして多くの場合、愚痴も言わないのを目にして、わたしは、彼らはひそかな恥じらいを感じているのではないかと思う。もちろん、わたしは幻想など抱いていない。わたしがいま語っている生には、多くの愛などありはしない。だが少なくとも、彼らは何も誤魔化さなかった。わたしには決して理解できない言葉がある。例えば罪という言葉だ。この人たちは生に対して、決して罪を犯さなかった。もし生に罪があるなら、それは生に絶望することではなくて、別の生を希望し、あるいは生の仮借ない大きさを免れようとすることだ。この人たちは誤魔化しはしなかった。彼らは生きることへの情熱で、二〇歳のときに、夏の神々となった。そしてすべての希望を奪われ、いまもそのままだ。わたしは彼らのうちの二人が死ぬのを目にした。彼らは恐怖で一杯だったが、落ちついていた。その方がまだいいからだ。人間の悪がひしめくパンドラの箱から、ギリシア人は色々なもののあとで、もっとも恐ろしい希望をとび出させた。わたしはこれ以上感動的な象徴を知らない。というのは、人びとが信じているのとは反対に、希望は諦めに等しいからだ。そして生きるとは諦めないことだ。

ここには少なくとも、アルジェの夏の厳しい教えがある。でもすでに季節はふるえ、夏は移り行きつつある。あれほどの烈しさとひび割れのあとの、九月の最初の雨がある。それは解放された大地の最初の涙のようで、数日間、この国が優しさにまみれるようだ。しかし同じ頃、イナゴマメがアルジェリア全土に愛の匂いをふりまく。夕方、あるいは雨上りのあと、すべての大地は、その腹を苦いアーモンドの匂いのする精液で濡らしたために、夏の間、それを太陽にさらして休息する。そしてまた新たに、この匂いが人と大地の婚礼のために捧げられ、わたしたちのなかに、この世で真に雄々しい唯一の愛を立ち昇らせるのだ。それこそが儚くも高潔な愛だ。

「覚書」

挿画として、バブ＝エル＝ウエドで耳にした喧嘩話を一語一語再録する。（話し手は、あのミュゼットのカガユウ◇6のように、いつも話すわけではない。それは驚くには当たらない。カガユウの言葉はときに文学の言葉、つまり、再構成されたものなのだ。「やくざ」の連中が常に隠語を話すとは限らない。彼らは隠語を使うが、それはまた別のことだ。アルジェっ子は特有の語彙と特別な文法を用いるが、それがフランス語に入れられることで、独特の味が生まれるのだ。）

　そのときココが前に出て、相手に言う。「ちょっと待て、待てよ」。相手が言う。「なんだよ」。するとココが彼に言う。「ぶんなぐってやろうか？」。そして手をうしろにまわす。だがそれは見せかけだ。ココが、彼に言った。「手をうしろにやるんじゃない。さもないと、6・35〔ピストルの口径〕をお見舞いするぞ。それとも二、三発喰らいたいか」。

　相手は手をまわさなかった。そしてココは一発お見舞いした――二発ではなく、一発。相手は地べたにころがった。「ウッ、ウッ」と唸った。そのとき大勢の人がやってきた。喧嘩がはじまった。なかの一人がココに向かって言った。二、三人。俺が言った。「おい、俺の兄弟に指一本でも触れてみろ――誰だ、お前の兄弟ってのは？　兄弟じゃなきゃ、兄弟みたいなものだ」。そこで俺は一発パンチを喰らわせた。ココがそいつを殴り、俺が殴り、リュシアンが殴った。俺は一人を隅に連れて行って、頭突きを見舞った。「ボン、ボン」。そこへ警官がやってきた。俺たちは鎖につながれたというわけ。バル＝エル＝ウエド中を引きまわされて、赤っ恥をかいた。〈ジェントルマンズ・バー〉の前には仲間や娘っ子がいて、また大恥をかいた。そのあとで、リュシアンのところの親父が、俺たちに、「お前たちは正しい」って、言ってくれたんだ。

訳注

◇1　一九三五年当時、アルジェ大学文学部教授で、同人誌「リヴァージュ」の編集委員の一人だった。学生のカミュは影響をうけた。

◇2　カミュは一九三六年と三七年に、フランス本土の他に、中央ヨーロッパ、そしてイタリアを旅行した。

◇3　かつてカミュが住んでいたアルジェの下町。

◇4　フランスで生まれた玉遊び。ビュットと呼ばれる木製の目標に目がけて鉄の玉を投げて、ビュットにどれだけ近いかを競うゲームで三人対三人のチームで行うのが基本。

◇5　新プラトン主義の創始者といわれる古代ギリシアの哲学者。カミュは文学部の卒業論文でプロティノスをテーマに選んだ。

◇6　作家オーギュスト・ロビネがミュゼットの筆名で書いた、アルジェリア人の主人公カガユウの冒険奇譚。

砂漠

ジャン・グルニエに[◇1]

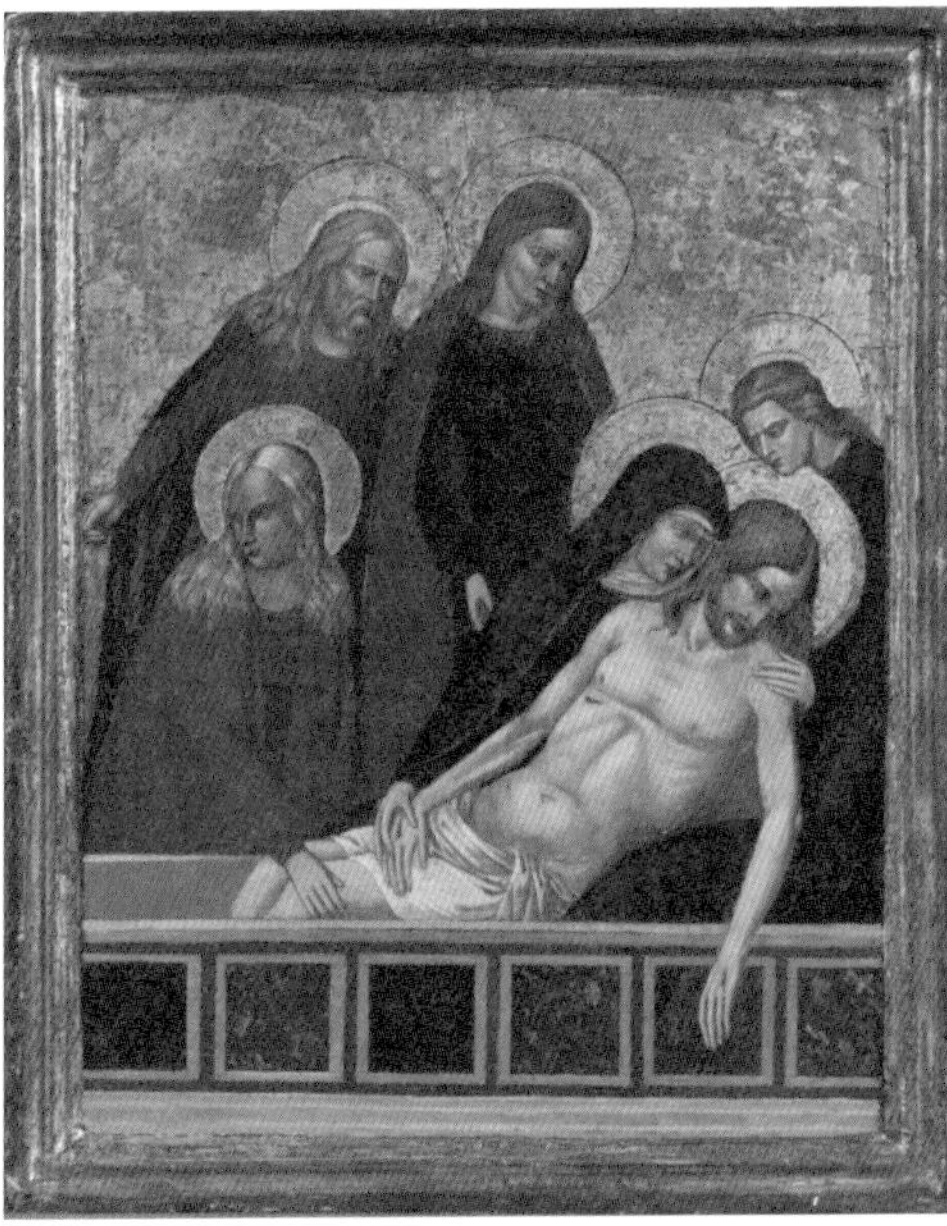

ジョッティーノ
《キリストの埋葬》
コートールド美術館蔵

ピエロ・デッラ・フランチェスカ
《キリストの鞭打ち》
マルケ国立美術館蔵

生きること、それはむろん、表現するのとはやや逆のことだ。これについてのトスカーナの巨匠たちの言を信ずるなら、それは三度、すなわち沈黙と、焔と、動かぬことのなかで証言される。

彼らの絵の人物たちが、フィレンツェやピサの通りで毎日出会う人たちだと気づくにはだいぶ時間を要する。だが同時に、わたしたちは周囲の人たちの本当の顔を見る術を、もはや知らないでいる。わたしたちはいまや同時代の人びとの顔をじっと見たりはしない。ただ、彼らのうちにあって、わたしたちの意向に沿うもの、わたしたちの行為を規律だてるものを強く望むだけだ。わたしたちは顔のなかでは、もっとも卑俗なその詩を好む。だがジョット[◇2]やピエロ・デッラ・フランチェスカ[◇3]は、人間の感受性など何ものでもないことを知っている。そして実際のところ、心はみなが持っている。だが、憎しみ、涙、歓びといった、生きることへの愛がそこに引き寄せられる、単純で永遠で偉大な感情は、人間の奥底で増殖され、その宿命の顔を造形する。——ジョッティーノの《キリストの埋葬》[◇4]のなかで描かれたように、マリアの、食いしばった歯に現れている苦悩がそれだ。

トスカーナの教会の巨大なマエスタ[◇5]の数々では、他のものから転写され続けてきた顔をもつ天使の一群を目にした。そしてわたしは、これら沈黙する情熱的な顔の一つ一つに孤独を認めるのが常だった。

問題なのは、まさにピトレスクなものであり、エピソードであり、ニュアンスあるいは感動するものだった。つまり詩が問題となるのだ。大事なのは真実だ。そしてわたしは、持続するものすべてを真実と呼ぶ。この点に関しては、ただ画家だけが私たちの餓えを鎮めてくれるといった、考えなくてはならない微妙な教訓がある。それというのも、彼ら画家だけが、肉体の小説家となる特権をもっているからだ。彼らは、現在と呼ばれる壮麗で移ろいやすい材料で仕事をするからだ。そして現在は常に仕草のなかで思い描かれる。彼らは、微笑、儚い羞恥、悔恨、期待などは描かず、骨がつくる浮彫りの顔と、血の熱さを描く。彼らは永遠の線のなかに凝縮された顔という顔から、精神の呪いを永久に追放してしまった。それが希望の代償だった。なぜなら、肉体は希望を知らず、脈打つ血しか知らないからだ。肉体に固有の永遠は、無関心からなりたっている。ちょうどあのピエロ・デッラ・フランチェスカの《キリストの鞭打ち》のように、きれいに洗われた中庭で拷問されるキリストと、屈強な肢体の死刑執行人は、その態度で同じような放心を示している。それはまさしく、この体刑には続きがないからである。そしてこの教訓は、画布の枠内に留まっている。明日を期待しない者にとって、感動するどんな理由があるだろうか？　希望をもたない人間のこの無感動とこの偉大さ、この永遠の現在、それこそが、まさに分別ある幾人かの神学者たちが地獄と呼んだものだ。地獄とは、誰もそれを知らないことはないように苦しむ肉のことでもある。トスカーナの人たちが立ちどまるのはこの肉であり、その宿命ではない。預言的な絵画といったものはない。希望を抱く理由を探さなくてはならないなら、それは美術館のなかではない。

　霊魂の不滅、それが分別のある精神の関心事であるのは本当だが、彼らはその樹液を使い果たす前に、あたえられた唯一の真実、すなわち肉体を拒否する。なぜなら肉体は問題を課したりせず、少なくとも、肉体が提案する唯一の解決策を、彼らは知っているからだ。真実は必ず朽ち果てる。だから真実は、彼らが正視しようとしない、ほろ苦さと気高さをまとっている。分別のある精神は、肉体よりも詩を好む。詩が魂の問題だからだ。わたしが言葉遊びをしていると感じるかもしれない。だが、わたしは詩を真実より高度なものにしようと努めているだけだということは分かってくれるだろう。その詩とは、チマブーエからフランチェスカにいたるイタリアの画家たちが、トスカーナの風景のなかで培ったあの黒い焔であり、それはちょうど、大地に投げだされた人間の明晰な抗議のようなものだ。この大地の繁栄と光は、絶えず、存在しない一つの神ついて人間に語る。

無感心と無感覚のおかげで、一つの顔が一つの風景の無機質の偉大さに合致することがある。スペインの一部の農民が、彼らの土地のオリーヴの木に似てくることがあるように、ジョットが描く顔は、魂が現れるちょっとした陰影を取り去られて、ついにはトスカーナそれ自体へと戻っていく。このことの教訓とは、情緒を犠牲にした情熱の履行、禁欲と享楽の混合、大地と人間への共通の反響であり、人間はそれによって、大地と同様に、悲惨と愛の途中で自らを定義する。そこには心が安堵するような真実などない。そしてわたしは、次のことが確かなのを知っている。それはある夕暮だったが、そのとき影が、沈黙の大きな悲しみが、フィレンツェの原野のブドウやオリーヴの樹木を浸しはじめていた。だがこの地方の悲しみは、美についてのコメント以上のものではない。わたしは、夕暮をぬって走る汽車のなかで、自分のなかで何かがほぐれるのを感じた。いま、あのときの悲しみの顔を思い浮かべてみて、それが幸福と呼ばれるのを、わたしは疑うことができない。

そう、こうした人びとによって明かされた教訓を、イタリアはその風景によっても惜しみなくあたえる。だが、幸福が欠けることはよく起こる。なぜなら、幸福はいつも不当なものだからだ。イタリアについても同じことだ。その恩恵は、唐突ではあっても、いつも直接的だとは限らない。他のどの国よりも、イタリアは一つの経験を深めるように誘う。とはいえ、それは最初の出会いにすべてを委ねているように見える。それというのもイタリアは、まずは、詩を惜しみなくあたえておいて、巧みにその真実を隠してしまう。その最初の妖術が忘却の儀礼だ。モナコの夾竹桃、花と魚の臭いで一杯のジェノヴァ、リグーリア沿岸の青い空。そしてピサ。ピサとともにリヴィエラの、いささか下品な、魅力を失くしたイタリア。それでもイタリアは相変わらず気安く、その官能的な魅力に身を委ねずにはいられない。ここにいる間、わたしは何にも強制されず（割引切符のせいで、「自分が選んだ」街にしばらく留まらなくてはならなくて、追い立てられる旅行者の喜びを奪われている）、最初の夜は、愛し理解することに、忍耐の際限がないように思われた。その夜は、疲れと空腹をかかえて、ピサの街に入った。駅前の大通りでわたしを迎えたのは、群衆に向けて、歌謡曲を雷鳴のように吐き出している十数台のスピーカーだった。群衆のほとんどが若者だった。わたしにはこのときすでに、自分が何を期待しているか分かっていた。この生の躍動のあとは、いつもの奇妙な瞬間だろう。店仕舞いしたカフェ、突然また戻ってきた静寂。わたしはそのなかを、暗い小路を通って街の中心に向かう。黒や金色に光るアルノ河、黄色や緑色の遺跡、人気のない街。夜一〇時のピサは、沈黙と水と石の不思議な書割に変わる。この突然の、巧妙なからくりを、どう描写すればいいだろう。「それは同じような夜だよ、ジェシカ！」。このユニークな丘の上に、いま神々が、シェイクスピアの恋人たちの声とともに姿をあらわす……夢がわたしたちに相応しいときは、その夢に身を委ねることを知る必要がある。人びとがここへ探しにくるものより、内面のずっと奥にある歌。その最初の和音を、わたしはすでにイタリアの夜の底に感じていた。明日、明日にさえなれば、朝には野が丸く円を描くことだろう。だが今宵は、ここで、神々のなかの神であり、「恋に運ばれる足どりで」逃れ行くジェシカの前で、自分の声をロレンツォの声と混じり合わせる。だがジェシカは口実でしかない。この恋の躍動は彼女を超える。そう、わたしが思うに、ロレンツォは、愛すのを許されることに感謝するほど、彼女を愛してはいない。でもなぜ今宵はヴェニスの恋人たちのことを思い、ヴェローナを忘れているのだろう？　それは、ここには不幸な恋人たちを慈しむように促すものが、何もないからだ。恋のために死ぬほど、虚しいことはない。必要なのは生きることだ。生けるロレンツォは、たとい薔薇に囲まれていようと、地下に埋葬されたロメオよりずっとましだ。それなら、生きている愛の祭りで、踊らずにいられようか——わたしはその日の午後を、いつでも訪ねられるピアッツァ・デル・ドゥオーモ[◇6]の丈の低い草の上で眠って過ごした。水は少し温いが、流れを止めることのない街の泉で喉を潤し、鼻が高く、口元は高慢だが、笑顔を絶やさない女の顔を振り返って見る。こうした秘儀が、より高い啓示を準備しているのを理解できるだけでいい。それはディオニュソスの秘儀をエレウシスにもたらす輝かしい行列だ。人間が教訓を準備するのは喜びのなかだし、陶酔が頂点に達したとき、肉体は意識となり、黒い血と、その象徴である聖なる神秘との交わりが成立する。この最初のイタリアの情熱から汲み取られた自我の忘却こそ、わたしたちを希望から解き放ち、わたしたちを歴史から奪い去る教訓を準備する。美の光景を前にした肉体と瞬間との二重の真実、待ち望まれた唯一の幸福にしがみつくように、それに執着せずにいられようか。その幸福はわたしたちを恍惚とさせ、同時に滅び去らなくてはならない。

もっとも忌まわしい唯物主義は、一般に考えられているようなものではない。それは死んだ観念を生きた現実と見なし、わたしたちの裡で、永久に死すべきものに向ける執拗で明晰な注意を、不毛な神話の上で逸らそうとするものだ。思い出すのだが、フィレンツェのサンティッシマ・アヌンツィアータの死者たちを祭った教会[◇7]の中庭で、何かに心を奪われたことがあった。それは悲哀だと思ったが、じつは怒りだった。雨が降っていた。わたしは墓石や奉納物の上の墓碑を読んでいた。優しい父や、忠実な夫、あるいは最良の夫でかつ抜け目のない商人の碑銘だった。美徳の鑑であった若い女性は、「まるで生まれた国の言葉のように」フランス語を話し、一家の希望だった。「しかし喜びは地上の束の間のものだ」。ただこれらは、わたしをまったく動揺させなかった。碑銘によると、ほとんどすべての人が死を甘受していた。それはきっと彼らが別の義務を受け入れていたからなのだ。いまは、子どもたちが中庭に入りこんで、死者の美徳を永遠のものにしようとする墓石の上で、馬跳びをして遊んでいた。そのとき夜の帳が降りてきた。わたしは柱に背をもたせかけ、地面に腰を下ろしていた。さっき一人の僧が通りかかり、微笑みかけた。教会のなかでは、オルガンが幽かに奏でられ、その熱っぽい旋律の色彩が、ときどき子どもの叫び声の背後で聞こえた。たった一人柱を背にして、わたしは喉をしめられて、最後の言葉として信仰を叫ぶ者のようだった。わたしの裡のすべてが、こうした忍従まがいのものに抗議していた。「そうしなければならぬ」と碑銘は告げていた。しかしそれは違う。わたしの反抗こそ正しかったのだ。地上の巡礼のように、無心で、没入するこの喜び。わたしはそのあとを一歩一歩ついていかなくてはならなかった。その他のことに、わたしはノンと言った。全力でノンと言った。碑銘は虚しく、人生は「昇る陽もあれば沈む陽もある」とわたしに教えてくれていた。だが今日では、その虚しさが、何をわたしの反抗から奪っているのかが分からず、かえって反抗の意義が加わるのを強く感じる。

それでも、言いたかったのはそのことではない。わたしは、自分の反抗の中心に感じていた一つの真実を、もう少し近くから点検してみたかったのだ。わたしの反抗はそうした真実の延長にすぎなかった。その真実とは、サンタ・マリア・ノヴェッラの教会の遅咲きの薔薇から、軽やかな服を着て、胸をひろげ、唇の濡れた、あのフィレンツェの日曜の朝の女たちへと赴く真実だ。その日曜日、どの教会の片隅でも、豊かな、眩い、水で真珠のように輝いた花が棚に飾られていた。わたしはそこに、ご褒美と同時に、一種の「素朴さ」を見出した。女たちと同様、花々には気前のいい豪奢さがあった。わたしには、誰かを欲することは他の人を渇望するのと、さほど違うとは思えなかった。純な心さえあれば十分なのだ。ある男が自分の純な心を感じることは、そんなにあるものではない。しかし少なくとも、この瞬間、彼がしなくてはならないのは、自分をこれほど純粋にしたものを、真実と呼ぶことだ。たといこの真実が、他人には冒瀆と思えようと、わたしがその日考えていたのが、まさにこの場合だった。わたしは月桂樹の匂いにみちたフィエーゾレのフランチェスコ派の修道院で朝をすごした。赤い花、太陽、黄色と黒の蜜蜂で一杯の小さな中庭に、長いこと留っていた。一隅に緑色のジョーロがあった。わたしはそこに来る前に僧房を訪ねて、ドクロの付いた僧たちの小さな机を見た。そしていまはこの庭が、彼らの霊感を顕現していた。わたしは丘づたいにフィレンツェへ戻った。丘は糸杉とともに開けた街へと下っていた。世界の素晴らしさ、女たち、これらの花々、わたしにはそれらが人間を正当化するもののように思えた。この素晴らしさは、極端な貧困が常に世界の豪奢や富と結びつくことを知っている人たちの、素晴らしさであるかどうか、わたしは確信が持てずにいた。わたしは、柱廊と花々の間に閉じこめられたフランシスコ派の僧たちの生と、一年中を太陽に当たってすごす、アルジェのパドヴァニ海岸の若者たちの生に、ある共通の響きを感じていた。もし彼らが裸になるとしたら、それはより偉大な生のためだ（それは別の生き方のためではない）。少なくとも、それが「無一物になる」という言葉の唯一価値ある使い方なのだ。裸だというのは、常に肉体の自由を意味する。そして手と花々の一致――人間的なものから解き放たれた人間と大地の、愛おしい協調――ああ！　もしこの協調が、すでにわたしの宗教でなかったなら、わたしは必ずや、それに改宗するだろう。こう言っても、冒瀆にはならないだろう。――それに、ジョットの描く聖フランチェスコの内面的な微笑が、幸福の味を知る人たちを正当化すると言ったとしても、冒瀆したことにはなるまい。なぜなら、神話と宗教の関係は、詩と真実の関係と同じで、生きる情熱にかぶせられる奇妙な仮面なのだから。

さらに先へ進もうか？　フィエーゾレでは、赤い花を前に生きる人たちが、瞑想を培う頭蓋骨を僧房に置いている。窓の外にはフィレンツェが広がり、机の上には死が鎮座している。絶望のなかのある種の持続は、喜びを生むことができる。さらにある気候のもとで人が生きるとき、その魂は血と混ざりあい、信仰と同様に、義務には無関心で、矛盾の上で簡単に生きことがある。だから、ピサの壁の上に、「アルベルトはぼくの妹と恋をしている」と陽気な手で書かれ、そこに名誉の奇抜な観念が要約されていても、イタリアが近親姦の地であり、少なくとも、この方がずっと意味は深いのだが、近親姦を告白する地であっても、わたしは少しも驚かない。なぜなら美から背徳へいたる道は、曲がりくねってはいても、確実な道だからだ。美に沈潜した知性は、虚無を糧としている。偉大さが喉をしめつけるような風景を前にして、観念の一つ一つが、人間の上に引かれた抹消を示す線だ。そうやって人間はやがて否定され、覆われ、覆いつくされ、圧倒的な確信によって次第にぼやけて行き、世界を前にしても、その色も、太陽も、真実も、受動的にしか知ることができない、形のない染み以外の何ものでもなくなる。真に純粋な風景は、魂にとっては無味乾燥で、その美は堪えがたい。石と空と水からなるこれらの聖典のなかでは、甦るものは何もないと告げられている。以来、心の底にある素晴らしい砂漠で、この国の人たちへの誘惑がはじまる。高貴な光景を前に育った精神の持主が、美によって希薄になった大気のなかでは、偉大さが善に結びつくことがあるのを納得しないとしても、何で驚くことがあろうか。知性を完成する神をもたぬ知性は、知性を否定するもののなかに一つの神を求める。ボルジアはヴァチカンに着くや、こう叫んだ。「神がわれわれに教皇の位を委ねたいま、それを満喫しなくてはならない」。そして彼は言った通りにしたのだ。急ぐことだ、とはよく言ったものだ。人びとはそこに、満ち足りた人間に特有の絶望をすでに感じている。

わたしはおそらく間違っている。なぜなら、フィレンツェでは、わたしもわたし以前にやってきた多くの人たちも、結局は幸福だったのだ。だが、幸福とは、もしそれが一人の存在と、彼が営む実生活との間の単純な一致でないなら、いったい何だろう？そして持続への望みと、死の宿命を二重に意識すること以外に、人間を生に結びつけるどんな正当な一致があるだろうか？　少なくとも、人は何も当てにせず、現在を、わたしたちに「おまけ」として唯一与えられた真実として考えることを、そこから学ぶだろう。人びとがこう口にするのを耳にする。イタリア、地中海、古代の国々では、すべてが人間の尺度に適っていると。では人びとはどこで、どうやってその道をわたしに示してくれるのか。わたしの尺度とわたしの満足とを探すために、目を見開いたままにさせてほしい。というよりも、そう、わたしは、フィエーゾレ、ジェミラ、太陽に輝く港を見る。人間の尺度？　沈黙と死んだ石。それ他の残りはすべて歴史に属する。

だが、ここは立ち止まるべきところではない。なぜなら、幸福はどうあろうとオプティミスムと不可分だとは言われなかったからだ。それは愛と結びついている——これは同じものではない。そしてわたしは、幸福があまりに苦く見えることがあるから、幸福よりは、その約束の方が好まれる時間と場所があるのを知っている。だがそれは、その時間や場所で、わたしが愛すための心、つまり諦めない心を、十分に持っていなかったからなのだ。ここで言わなくてはならないのは、大地と美の祝祭への人間の入場のことだ。そのとき人間は、入信者が最後のヴェールを取り去るように、彼ら神の前で、自らの人格という小銭を捨ててしまう。そう、幸福はそこでは取るに足りないものに思
える、さらに上の幸福がある。フィレンツェでは、ボーボリ庭園の一番高いテラスまで
登った。そこからは、モンテ・オリヴェートや、地平線まで領する街の上の方が見渡せ
た。一つ一つの丘では、オリーヴの樹が青白く、小さな煙のように見え、糸杉のさらに
固い若芽が、近いものは緑に、遠いものは黒く、オリーヴの樹々の薄靄のなかに浮き出
ていた。深い真っ青な空には、ところどころ刷毛で描いたような大きな雲が浮かんで
いた。午後の終わりとともに、一筋の銀色の光が落ちてきて、すべてが沈黙してしまっ
た。丘の頂は、最初は雲のなかだった。だが微風が起り、その息吹を顔に感じた。それと
ともに、丘の背後では、カーテンが左右に開かれるように、雲が二つに分かれていった。
同時に、頂上の糸杉が、突然のぞいた青空のなかで、一挙にぐんと丈を伸ばしたように
見えた。それとともに、すべての丘と、オリーヴと石の風景がゆっくりと立ち上がった。
また別の雲がやってきた。カーテンがまた閉まった。丘は糸杉と家々とともに、ふたた

び低くなった。するとまた――遠くの、次第に消えていく別の丘の上で――ここで雲の厚い襞を押しひろげたあの同じ微風が、彼方では雲を閉ざしていった。世界のこうした大きな呼吸のなかでは、同じ息吹きが数秒の間隔で起り、世界の音階に合わせた石と空気のフーガのテーマを、間隔を置いてくり返すのだった。そしてその度に、テーマは調子を落としていった。わたしが少し遠くまで追っていくと、それは少しずつ鎮まっていった。そして心に感じらされる最後の展望に到って、揃って呼吸をしていた丘が逃れ去り、それとともに、わたしは一目で、大地全体の歌のようなものを抱きしめたのだった。

何百万という目がこの景色を眺めたのを、わたしは知っていた。それは空の最初の微笑のようだった。そしてそれは言葉の深い意味で、わたしを自分の外へと連れ出してくれたのだ。わたしの愛と、石の美しい叫びがなければ、すべては虚しいとわたしは確信した。世界は美しい。それなくしては、何の救いもない。そのことが辛抱強く教えてくれた偉大な真実とは、精神など何ものでもなく、心もまたそうだということだった。そして、太陽に熱せられた石や開けた空のせいで、高くなったように見える糸杉こそが「正しい」という意味が、唯一この宇宙を画することを教えてくれた。つまりそれは、人間のいない自然である。この世界はわたしを無にする。それは徹底的になされる。世界は怒りもなく、わたしを否定する。フィレンツェの野に落ちる夕暮のなかで、わたしは一つの叡智への道をたどって行った。目に涙は浮かばず、わたしを満たしてくれた詩の激しい嗚咽のせいで、わたしが世界の真実を忘れなかったとしても、すでに一切は征服されてしまっていたのだった。

立ちどまらなくてはならないとすれば、それはこの均衡の上だ。それは奇妙な一瞬で、霊性が道徳を拒否し、幸福が希望の不在から生まれ、精神が肉体のなかにその理由を見いだす瞬間だ。あらゆる真実はその裡に苦さを湛えているのが本当なら、あらゆる否定は、「肯定」の開花を含んでいるのも本当だ。そして、凝視から生まれる希望のない愛のこの歌は、行動のもっとも効果的な軌範を示すこともできる。ピエロ・デッラ・フランチェスカが描いた墓から出て甦るキリストは、人間の眼差しをしていない。その顔には、幸福なものは何も描かれていない――あるのは魂のない猛々しい偉大さだけで、わたしにはそれが生きる決意と受け取れて仕方がない。賢者は愚者と同様、わずかしか表現しないからだ。わたしはこの甦りに感動する。

わたしは、この教訓をイタリアに負っているのだろうか。それとも自分の心から引き出したのだろうか。それがわたしの前に現れたのは、疑いもなく彼の地だった。イタリアは他の特権的な場所と同じように、美の光景を提供してくれるが、それでも人はいずれ死ぬ。あそこでも、真実は朽ちないわけにはいかない。だが、これほど刺激的なことがあるだろうか。それがたとえわたしの望みでも、朽ちずにはおかない真実について、わたしに何ができるというのか。これはわたしの分限をこえている。こんな真実を愛するというのは、見せかけにすぎないだろう。人間が、彼の生を形づくってきたものを捨て去るのは、決して絶望からではないことを分かっている者は稀だ。軽率な行動や絶望は別の生へと導くだけで、それは大地の教えを前にして震えるような執着を示すだけだ。それでも明晰さがある段階に達すると、人は心が閉ざされたように感じ、反抗することも、その権利を要求することもなくなり、これまで自分の生だと思ってきたものに背をむける。わたしはこうした動揺のことを言いたいのだ。ランボー[◇8]が、アビシニアでただの一行も書かずに生を終えたとしても、それは冒険が好きだったからでも、作家であることを断念したからでもない。それは〈そんなものだから〉であり、わたしは、意識がある点まで行くと、自らの天性に従って、物事をあえて理解しないように努めるという事実を最後には認める。これには明らかに、ある砂漠に関する地理学の企てと関わる気がする。その奇妙な砂漠は、そこで生きることのできる人びとだけに感得されるもので、彼らは決して自分たちの喉の渇きを偽らない。それだからこそ彼らは命の泉に群がり、癒されるのだ。

ボーボリ庭園で、わたしの手が届くところに、黄金色をした大きな柿がなっていて、そのはじけた果肉は濃厚な果汁をしたたらせていた。彼方のうっすら見える丘から、この果汁一杯の果物へ、わたしを世界と一つにするひそかな友愛から、手の上のオレンジの果肉へと追い立てる空腹へ、ある種の人間を禁欲から享楽へ、一切の放棄から官能の乱費へ導く均衡を、わたしは捉えていた。世界に人間を結びつけるこの絆、わたしの心が加わることで、幸福の明確な限界を示すこの二重の反映を、わたしは讃美していたし、いまも讃美している。世界はこの限界で、幸福を完成するかもしれないし、あるいは破壊してしまうかもしれない。わたしの反抗する心に、ある種の同意が眠っているのを分からせてくれたヨーロッパの数少ない場所の一つ、フィレンツェ！　涙と太陽が混じったその空のなかで、わたしは大地に同意し、その祝祭の暗い焔のなかで身を焦がす術を知ったのだった。わたしは悟った……だがどんな言葉を？　どんな常軌を逸した言動を？　いったいどうやって、愛と反抗の一致を確立する[◇9]のか？　大地！　神々に捨てられたこの大いなる神殿のなかで、わたしのすべての偶像は、みな同じ土の足をしている。

訳注

◇1 二〇世紀フランスの小説家で哲学者。一九三〇年から三八年までアルジェの高等中学校で教師だったときカミュと出会い、大きな影響をあたえ、二人の間には子弟の関係を超えた友情が育まれた。グルニエはもう一人の教え子のエドモン・シャルロに出版業の経営を勧め、シャルロはアルジェで「レ・ヴレ・リシェス(真の富)出版」を立ち上げた。カミュの『結婚』の初版はここから刊行された。

◇2 ジョット・ディ・ボンドーネ。中世後期のイタリア人画家で建築家。

◇3 イタリア・ルネサンス期を代表する画家。

◇4 一四世紀中葉のイタリアの画家。代表作の一つ《キリストの埋葬》はロンドンのコートールド美術館に所蔵されている。

◇5 キリストを抱いた聖母マリアの像。

◇6 フィレンツェの中心にある大聖堂。

◇7 フィレンツェにあるルネサンス様式の教会堂。

◇8 一九世紀フランスの詩人。彼は一八七三年(一九歳)の一〇月、散文詩集『地獄の季節』を出版、二年後の一八七五年(二一歳)の二月には、同じく散文詩集『イリュミナシオン』の原稿をヴェルレーヌに託した後は、一切詩をつくることはなかった。その後はヨーロッパ各地を転々とし、一八八〇年(二六歳)の八月、バルデ商会のアデン代理店に雇われ、一二月にはバルデ商会が新設した代理店に着任するために、隊商とともにアビシニア（現在のエチオピア）のハラルに行き、以後、交易と探検の生活を送り、三七歳まで当地にとどまった。そして一八九一年（三七歳）のときに骨肉腫を発症し、帰国してマルセイユの病院で右脚を切断する手術をうけたが回復せず、この年の一一月に死去した。

◇9

神は人間を土から造ったとされる。創世記第三章一九節に「お前は顔に汗を流してパンを得る。土に返るときまで。お前がそこから取られた土に」（新共同訳）とある。

訳者あとがき

昔から良い作品や文章を読んだとき、感動の証に背筋が震えることがときどきある。その最初の経験が、高等学校のときに読んだアルベール・カミュの『結婚（Noces）』だった。古文の授業時間に教科書に隠すようにして読んでいて、突然背中がブルッとふるえた。新潮社から出ていた窪田啓作訳だが、すぐにガリマール社から出版されていたフランス語原本を手に入れて読んだ。

九〇ページほどの本には、「ティパサでの結婚」、「ジェミラの風」、「アルジェの夏」、「砂漠」の四篇の詩的エセーが収録されていて、冒頭の「ティパサでの結婚」の印象はとくに強烈だった。

カミュは一九一三年一一月、フランスからの植民者で、葡萄酒の樽詰め職人だった父リュシアン・オーギュストとスペイン系の家族の娘カトリーヌ・サンテスの間の次男として、アルジェリアの街モンドヴィで生まれた。

父親はカミュが生まれた翌年、第一次大戦のマルヌの会戦で戦死したため、その後は首都アルジェ市内の母の実家で育った。アラブ人街にあった家は大家族で貧しく、高等中学校(リセ)に進学する希望は持たなかったが、カミュの才能を認めた小学校時代の先生ルイ・ジェルマンが家族を説得してくれて、奨学金を得ながら高校へ進学した。ここで哲学の教師で作家のジャン・グルニエと出会い、その影響から文学に強い関心を持つようになったのは有名な話である。彼は一九三二年には大学入学資格試験(バカロレア)に合格。アルジェ大学文学部に入学すると、アルバイトをしながら創作の道を志した。

カミュは一九三六年に大学を卒業するが、このころ彼は、「わたしはこの世界にあって幸福だ。なぜならわたしの王国はこの世界だから。……人は自分がこの世界から引き離されていると思っているが、こうした抵抗感が自分のなかで溶けていくには、金色に輝く埃のなかに一本のオリーヴの樹が立っているだけで十分だし、朝の太陽の下で輝く砂浜だけで十分だ」と手帳に記している。

こうした感性のもとで、一九三六年から一九三八年にかけて生み出されたのが、『結婚』に収められた四篇のエセーである。これらに共通するのは、アルジェリアをはじめとする地中海地方に特有の大地、輝く太陽、青い空、吹き渡る風、芳香を放つ色とりどりの花……こうした世界の美しさを肌で感じつつ、今このときを生きることへの讃歌である。そしてこのためには、何よりも若さとしなやかな肉体を必要とする。

カミュが好んで訪れたティパサやジェミラには、かつて栄えたローマ時代の遺跡があるが、神殿は長年風雨に曝されて、いまや単なる石くれに帰っている。これはやがて来る死を予感させるが、若者はそれを退ける特権を持っている。だから彼はあえて「ずっと先にあるもの」を拒否して、今このときを十全に楽しもうとするのだ。この心情はイタリア・トスカーナ地方を巡った貧乏旅行の成果である「砂漠」でも表明されている。カミュはそこで巨匠たちの作品を目にするが、どの絵も「永遠の線のなかに凝縮された顔という顔からは、精神の呪いを永久に追放して」いた。

カミュは、のちに書く『シーシュポスの神話』のエピグラフに、古代ギリシアの詩人ピンダロスから、「ああ、わが魂よ、不死の生に憧れてはならぬ、可能なものの領域を汲み尽くせ」という言葉を引用するが、この一行こそ、彼が『結婚』で語ったことを要約している。若かったわたしが深く感動したのも、こうした生き方に共鳴したからに他ならない。

『結婚』は、一九三八年に数部が刷られた後、翌一九三九年五月に、友人のエドモン・シャルロがアルジェでやっていた書店兼出版社から、普及版一八フランの他に、ペラン紙版一〇〇部(二五フラン)、和紙版二〇部(六〇フラン)が刊行された。カミュの名はアルジェリアの文学界でも知られていなかったが、その文名は一九四二年に出版された『異邦人』で一挙に高まり、『結婚』も一九五〇年にパリの老舗ガリマール社から、あらためて出版された。

「ティパサでの結婚」を初めて読んでから凡そ六五年、窪田啓作、高畠正明両氏の既訳があるが、あえて自分なりの翻訳をこころみた。テクストは一九五〇年刊行のガリマール版（一九三九年のシャルロ版の再版）によった。

＊

二〇一九年にこの翻訳を私家版として百部刊行した際、以上のような「訳者あとがき」を付した。

幸い私家版はあっという間に完売した。その後コロナが蔓延し、厳しい入国制限が行われていた中で、アメリカから一時帰国した方から、販売を担ってくれた「フランス図書」へ、何とか入手したいという連絡があった。このとき百部はすべて売り切れていたが、印刷所に見本の一冊が保存されていることが分かり、それを取り寄せて二週間の隔離期間を過ごしていたホテルへ郵送するという出来事もあった。

この度、月曜社の小林浩氏から、あらためて出版しないかとのお誘いがあり、訳語について若干の見直しを行った。より多くの読者にお読みいただけることになったのは、小林氏の決断のたまものである。

二〇二三年一〇月

柏倉康夫

著者

アルベール・カミュ（Albert Camus, 1913-1960）

フランスの作家。日本語訳に『カミュ全集』（新潮社、1972-1973年）ほか多数。近年の訳書に、『ペスト』（三野博司訳、岩波文庫、2021年4月；中条省平訳、光文社古典新訳文庫、2021年9月）、『戒厳令』（中村まり子訳、藤原書店、2023年）、『正義の人びと』（中村まり子訳、藤原書店、2023年）がある。

訳者

柏倉康夫（かしわくら・やすお, 1939-）

放送大学名誉教授。京都大学博士（文学）。フランス国家功労勲章叙勲。近年の著書に、『今宵はなんという夢みる夜――金子光晴と森美千代』（左右社、2018年）。月曜社より刊行した訳書に、マラルメ『詩集』（2018年）、マラルメ『賽の一振り』（2022年）、マラルメ『散文詩篇』（2023年）がある。

結婚

四篇のエセー

［著者］アルベール・カミュ
［訳者］柏倉康夫

2024年2月23日　第1刷発行

［発行者］小林浩
［発行所］有限会社月曜社
182-0006 東京都調布市西つつじヶ丘4-47-3
電話 042-481-2557
FAX 042-481-2561
http://getsuyosha.jp

［印刷製本］株式会社シナノパブリッシングプレス
［造本設計］太田明日香

ISBN978-4-86503-182-9　Printed in Japan
叢書・エクリチュールの冒険　第24回配本